BLB

Herzbuch

40 DATES MIT GOTT

Herzbuch

Dieses Buch ist dir und deinem Herzen gewidmet. Hier geht's darum, auf „Herzfühlung" zu gehen: In den 40 Dates mit Gott kannst du deine Gedanken, dein Erleben und deine Gefühle auf kreative Weise festhalten und dich mit Themen rund um deinen Glauben auseinandersetzen. Mach das Buch zu deinem Herzbuch und entdecke dabei Gott mitten in deinen Herzensangelegenheiten! Als jemanden, der dich liebt, dich im Blick hat und sich dafür interessiert, was du erlebst, denkst und fühlst. Die Dates kannst du übrigens kreuz und quer angehen – such dir je nach Stimmung einfach etwas Passendes aus.

Tipp: Kleb einen Briefumschlag ins Buch (ganz hinten)! Während du dieses Buch bearbeitest, kannst du hier zum Beispiel kleine Botschaften verstauen, an die du dich erinnern möchtest. :-)

Ich <3

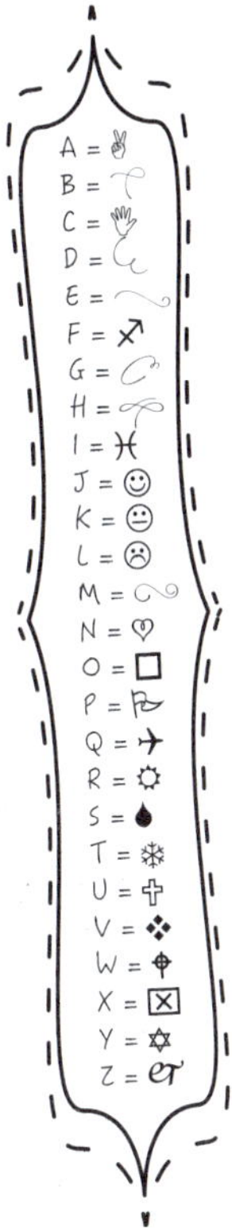

MEIN NAME *in Symbolen*

MEIN ALTER *in einer Rechenaufgabe*

10 × 8 + 2

HANDUMRISS *über die ganze Seite*

LIEBLINGSNUDELSORTE *in einem Stillleben*

BESTER SPRUCH/VERS *in übertriebener Schönschrift*

FINGERABDRUCK

oder wie wär's mit einem Großer-Zeh-Abdruck?

TYPISCH ICH *in drei Wörtern*

*
*
*

MEIN PORTRÄT *in einer Bleistiftskizze*

Date #1

BEI GOTT AUF DER COUCH

10.06.2025

Datum:

Kennst du Tage, an denen einfach alles doof ist? An denen fiese Gedanken an deinem Herzen knabbern und Sorgenpakete dich total runter ziehen? Was macht dir grad zu schaffen? Stell dir vor, du liegst bei Gott auf der Couch und darfst dich einfach ausheulen! Was würdest du ihm erzählen?

Genervt?

Schlechte Noten?

Panisch?

Liebeskummer?

Jesus sagt:

KOMMT ZU MIR, IHR ALLE,
DIE IHR EUCH ABMÜHT UND BELASTET SEID!
BEI MIR WERDET IHR RUHE FINDEN.

Matthäus 11,28

Unsicher?

Streit?

Einfach ein doofer Tag?

Missverstanden?

Benenne deine Sorgenpakete. Ein paar Vorschläge, was du danach mit dieser Seite machen kannst: zerkritzeln, tippexen, rausreißen, das Klo runterspülen oder verbrennen (am besten an einem Ort, an dem kein Waldbrand entstehen kann!). Ganz egal, was du machst – du kannst dir sicher sein: Gott kümmert sich! Er ist größer als jede deiner Sorgen!

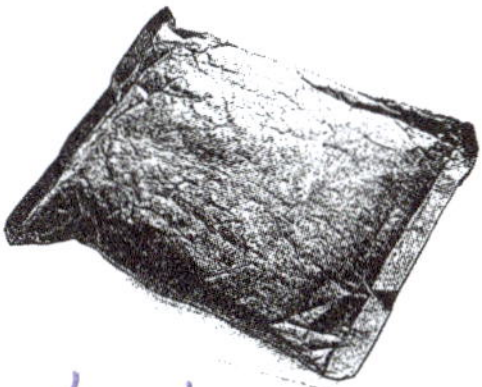

Geheimnis 1

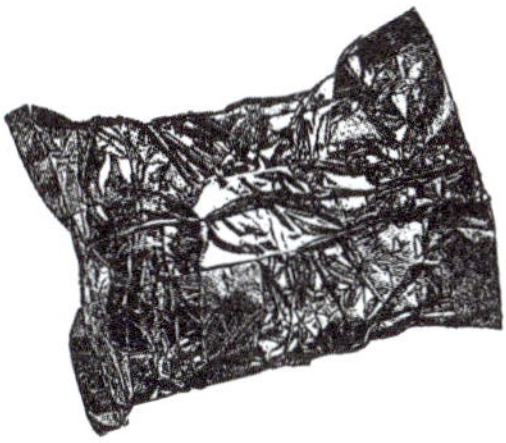

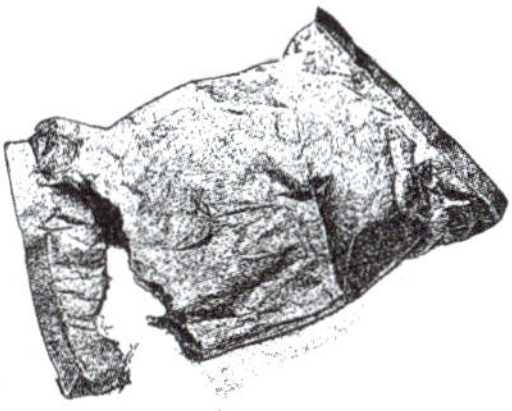

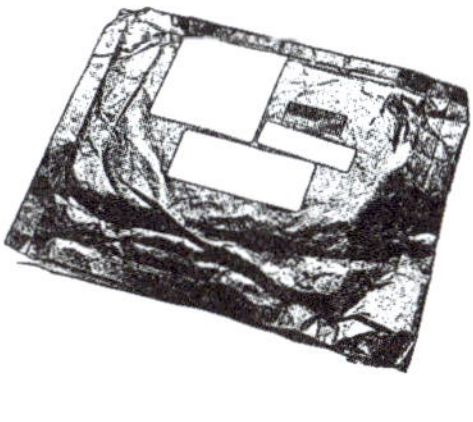

Gott, bitte nimm mir die Sorgenpakete ab, hilf mir in Schwierigkeiten und lass mein Vertrauen zu dir wachsen.

Herzwürdige Notizen

Date #2

EINZIGARTIG UNPERFEKT

Datum:

„Ich bin gut, wie ich bin!" Kannst du das ohne mit der Wimper zu zucken von dir sagen? Wie oft am Tag nörgelst du an dir rum, weil du unzufrieden bist? Sei ehrlich – was an dir findest du ganz und gar nicht toll? Was stört dich? Zeit, das alles rauszulassen: Widme diese Seite einem Macken-Porträt von dir!

Schau dir deine fertige Zeichnung an. Kannst du dir vorstellen, dich trotz Macken mit ihr anzufreunden? Zu sagen: „Das bin ich! Das alles gehört zu mir! Und das ist okay!" Stell dir vor: Gott würde nicht ein einziges Fleckchen an deinem Aussehen ändern wollen. In seinen Augen bist du wundervoll! Sag dir das heute – trotz der Dinge, die du nicht so super an dir findest. Nutz dafür die nächste Seite!

Schreib diese Seiten randvoll mit positiven Sätzen über dich, zum Beispiel: „Gott nimmt mich an, wie ich bin!"

„Perfekt ist langweilig!
Wundervoll ist besser!",
sagte Gott und gab
jedem eine Macke.

**Ich danke dir dafür,
dass ich so unglaublich wunderbar geschaffen bin.
Ich weiß, wie wundervoll
deine Werke sind.**

Psalm 139,14

Herzwürdige Notizen

Date #3

HERZSTYLING

Datum:

Hast du schon mal jemanden sagen hören: „Wow, du siehst innerlich echt gut aus!" Mal ganz davon abgesehen, dass dich vermutlich niemand mit Röntgenblick betrachtet, ist es eh unwahrscheinlich, dass jemand dein Äußeres so ganz außer Acht lassen würde, oder?! Äußerlichkeiten spielen eben eine große Rolle bei uns. Aber Vorsicht: Wer nur auf Äußerlichkeiten schaut, ist schnell auf dem Holzweg! Stell dir mal einen prallen, glänzend roten Apfel vor. Dir läuft das Wasser im Mund zusammen. Das wird ein saftig-süßes Geschmackserlebnis, denkst du und beißt genüsslich hinein. Und dann offenbart sich die eklige Wahrheit, die dich alles wieder ausspucken lässt. Aus einem fauligen Innern streckt sich dir ein Wurm entgegen. Aussehen ist eben lange nicht alles. Mach dir heute deshalb Gedanken um innere Werte. Was ist dir wichtig bei anderen – und bei dir selbst?

DEINE TOP 10:

1.

2.

3.

4.

5.

6.

7.

8.

9.

10.

Gott ist der Profi, was Herzstyling angeht! Und er selbst sorgt dafür, dass du innerlich gut aussiehst: indem er gute Eigenschaften in dir heranwachsen lässt. Lies Galater 5,22-23a. Schreib dann die Eigenschaften in die Style-Accessoires.

Was davon stimmt mit deinen Top 10 überein? Welche drei sind deine Favoriten und warum? Lies auch noch Johannes 15,16 und 1 Samuel 16,7.

Gott, bitte style mein Herz so, wie du es gut findest, und lass in mir gute Eigenschaften heranreifen.

Herzwürdige Notizen

Date #4

THÄÄÄNK JU!

Datum:

Wer dankbar ist, ist glücklicher! Untersuchungen haben ergeben, dass Dankbarkeit die Stimmung hebt und das Gefühl von Glück positiv beeinflusst. Wusstest du, dass Gott möchte, dass wir einen dankbaren Lebensstil haben? Schau erst mal in Epheser 5,20 und Philipper 4,6 nach und schreib hier, was dich dankbar macht!

MEIN DANKE-ABC:

S

F

Q

R X M

B

H K

N

Z

T

Jeden Tag, Gott, will ich dir danken; immer, ohne Ende, will ich dich preisen!
Psalm 145,2

Y I

L C

W O V

G P D

A

J U

Nutze diese Seite, um Gott danke zu sagen. Schreib ein Dankesgedicht, -gebet oder -lied für ihn, so wie der Psalmschreiber! Und wenn du magst, erfinde gleich eine Melodie dazu und sing's! :-)

Danke, Gott, dass du mir so viel Gutes schenkst! Bitte hilf mir, mich jeden Tag daran zu erinnern und dankbar zu sein.

Herzwürdige Notizen

Date #5

LIEBLINGSWORTE

Datum:

Nutze diese Seite, um einen Bibelvers festzuhalten, der dich gerade bewegt. Halte auch fest, warum er dich bewegt: Geh deinen Gefühlen und Gedanken auf den Grund.

BIBELVERS

Was sagt dieser Vers aus?
Was entdecke ich darin über Gott, Jesus oder den Heiligen Geist?
Gibt es in diesem Vers eine Aufforderungen oder ein Versprechen?
Welches Wort fällt mir besonders ins Auge?
In welche Situation hat dieser Vers gesprochen?

Veranschauliche den Vers in einem Bild, einer Wortwolke, in Symbolen, Formen, Farben …

Danke, Gott, dass du mir in deinem Wort begegnest und ich dadurch immer wieder Neues an dir und an mir entdecken kann.

Herzwürdige Notizen

Date #6

GOTTES STECKBRIEF

Datum:

Wie ist Gott eigentlich? Was sagt er in der Bibel über sich selbst und was sagen andere über ihn? Mach dich auf die Suche …

SEINE NAMEN 1 Mose 17,1; 2 Mose 3,13-15; Jesaja 42,8; Galater 4,6

SEIN WOHNSITZ Jesaja 57,15; 1 Korinther 6,19

SEIN ALTER Psalm 90,2; Hiob 36,26

SEIN PLAN Johannes 3,16

SEINE EIGENSCHAFTEN Psalm 103,8; 104,1-2; Jesaja 45,15; 1 Korinther 1,9; 1 Timotheus 1,17

WIE SICH GOTT ZEIGT Hebräer 1,1-3; Johannes 14,7-9; 1 Korinther 2,10-12; Psalm 19,2; Römer 1,20; Johannes 5,39

WAS GOTT TUT Apostelgeschichte 4,24; Römer 12,19; Römer 12,6a; Matthäus 6,26; 1 Petrus 5,7; Jesaja 40,29

Wie stellst du dir Gott vor? Wie hast du ihn bisher kennengelernt? Wer ist er für dich? Beschreib ihn mithilfe einer Wortwolke.

Gott, auch wenn du viel zu groß für meinen Verstand bist, möchte ich dich immer besser kennenlernen. Bitte zeig mir, wie du bist.

Herzwürdige Notizen

Date #7

MEIN GLAUBE VON A-Z

Datum:

Was fällt dir zu den einzelnen Buchstaben ein, wenn es um deinen Glauben an Gott geht? Schreib dein Glaubens-ABC. Ein paar Anregungen: Eigenschaften von Gott, Geschichten aus der Bibel, Erlebnisse, wichtige Prinzipien, Personen, Verse …

A wie

B wie

C wie

D wie

E wie

F wie

G wie

H wie

I wie

J wie

K wie

L wie

M wie

N wie

O wie

P wie

Q wie

R wie

S wie

T wie

U wie

V wie

W wie

X wie

Y wie

Z wie

Gott, ich danke dir, dass Glaube so vielseitig ist und etwas mit meinem Alltag zu tun hat.

Herzwürdige Notizen

Date #8

FEAR NOT!

Datum:

Was würdest du tun, wenn du keine Angst hättest?

Fürchte dich nicht,
ich stehe dir bei!
Hab keine Angst,
ich bin dein Gott!
Ich mache dich stark,
ich helfe dir,
ich schütze dich mit
meiner siegreichen Hand!
Jesaja 41,10

Schreib Gott einen Brief, in dem du ihm deine Ängste schilderst.

Gott, bitte steh mir bei und hilf mir durch, wenn ich gerade Angst erlebe.

Herzwürdige Notizen

Date #9

MEIN MUSTER-GEBET

Datum:

Das Vaterunser ist das Gebet von Jesus, das er seinen Freunden als Beispiel zum Beten gegeben hat (Matthäus 6,9-13). In dieser Vorlage ist so gut wie alles drin, was wichtig ist. Hast du es schon mal gebetet? Nutze diese Seite, um es Zeile für Zeile durchzugehen. Schreibe deine Gedanken dazu, markiere Stellen, die dir ins Auge springen, und veranschauliche das Gebet, zum Beispiel mit Farben und Symbolen.

Unser Vater im Himmel!

Dein Name werde geheiligt.

Dein Reich komme.

Dein Wille geschehe wie im Himmel so auf Erden.

Unser tägliches Brot gib uns heute.

Und vergib uns unsere Schuld,

wie auch wir vergeben unsern Schuldigern.

Und führe uns nicht in Versuchung,

sondern erlöse uns von dem Bösen.

Denn dein ist das Reich

und die Kraft

und die Herrlichkeit

in Ewigkeit.

Amen.

Schreibe das Vaterunser in deinen eigenen Worten auf. Sagst du zum Beispiel lieber „Papa" als „Vater"? Wie würdest du „Herrlichkeit" beschreiben? Trau dich, dein eigenes Gebet daraus zu machen! Wenn du dann mal nicht weißt, wie du beten sollst, nutze deine eigene Vorlage! Mach ein Eselsohr in die Seite, damit du sie schnell wiederfindest.

Herzwürdige Notizen

Date #10

LIEBLINGSWORTE

Datum:

Nutze diese Seite, um einen Bibelvers festzuhalten, der dich gerade bewegt. Halte auch fest, warum er dich bewegt: Geh deinen Gefühlen und Gedanken auf den Grund.

BIBELVERS

Was sagt dieser Vers aus?
Was entdecke ich darin über Gott, Jesus oder den Heiligen Geist?
Gibt es in diesem Vers eine Aufforderungen oder ein Versprechen?
Welches Wort fällt mir besonders ins Auge?
In welche Situation hat dieser Vers gesprochen?

Veranschauliche den Vers in einem Bild, einer Wortwolke, in Symbolen, Formen, Farben …

Danke, Gott, dass du mir in deinem Wort begegnest und ich dadurch immer wieder Neues an dir und an mir entdecken kann.

Herzwürdige Notizen

Date #11

GOTT MACHT MUT

Datum:

Aufmunternde Worte tun jedem gut! Hier hast du ein paar Aussagen von Gott, die die Bibelverse zusammenfassen. Schneide die kleinen Mutmacher-Botschaften aus und verteil sie heimlich: Kleb sie an Spiegel, an Busfenster, an die Klotür in der Schule, verstau sie im Mäppchen oder in der Tasche einer Freundin. Oder, oder, oder …

ICH LASS DICH NICHT ALLEIN. Gott
Josua 1,5

ICH HAB DICH GEMACHT. Gott
1 Mose 1,27

DU BIST WUNDERBAR. Gott
Psalm 139,14

DU BIST MEIN KIND. Gott
1 Johannes 3,1

ICH LIEBE DICH. Gott
Johannes 3,16

HAB KEINE ANGST, ICH BIN BEI DIR. Gott
Josua 1,9

DU BIST KOSTBAR. Gott
Lukas 12,7

Ich danke dir, Herr, dass du mir Mut machst – ich möchte diese Botschaft auch an andere weitergeben.

RUH DICH BEI MIR AUS. Gott
Matthäus 11,28

BEI MIR IST NICHTS UNMÖGLICH. Gott
Lukas 1,38

ICH GEBE DIR,
UM WAS DU MICH BITTEST. Gott
Markus 11,24

MEINE ENGEL BEHÜTEN DICH. Gott
Psalm 91,11

SEI MUTIG UND VERTRAU MIR. Gott
Psalm 31,25

NICHTS IN DER WELT
KANN MEINE LIEBE ZU DIR
KAPUTTMACHEN. Gott
Römer 8,39

ICH BIN IMMER BEI DIR. Gott
Matthäus 28,20

ICH BIN DIR TREU. Gott
Jeremia 31,3

ICH HAB DICH SCHON GESEHEN,
ALS ES DICH NOCH GAR NICHT GAB. Gott
Jeremia 1,5

Herzwürdige Notizen

Date #12

BIBLE ART JOURNALING

Datum:

Hast du schon mal Bible Art Journaling ausprobiert? Dabei geht's darum, einen Bibeltext zu veranschaulichen mit Farben, Bildern, Stickern, Symbolen ... Probier's aus mit Psalm 119,1-18!

1 Wie glücklich ist, wer stets unsträflich
lebt und jederzeit des Herrn Gesetz
befolgt!
2 Wie glücklich ist, wer Gottes Weisung
ausführt und wer mit ganzem Herzen
nach ihm fragt!
3 Bei solchen Menschen findet sich kein
Unrecht, weil sie in allem Gottes Willen
tun.
4 Du, Herr, hast deine Vorschriften
gegeben, damit man sich mit Sorgfalt
danach richtet.
5 Ich möchte unbeirrbar dabei bleiben,
mich deinen Ordnungen zu unterstellen!
6 Dann brauchte ich nicht mehr beschämt
zu sein im Blick auf die Gebote, die
du gabst.
7 Was du entschieden hast, präg' ich mir
ein und preise dich dafür mit reinem
Herzen.

›››

8 An deine Ordnungen will ich mich hal-
ten; steh du mir bei und lass mich nicht
im Stich!
9 Wie kann ein junger Mensch sein Leben
meistern? Indem er tut, was du gesagt
hast, Herr.
10 Von Herzen frage ich nach deinem
Willen; bewahre mich davor, ihn zu ver-
fehlen!
11 Was du gesagt hast, präge ich mir ein,
weil ich vor dir nicht schuldig werden will.
12 Ich muss dir immer wieder danken, Herr,
weil du mich deinen Willen kennen lehrst.
13 Was du nach deinem Recht entschieden
hast, das sage ich mir immer wieder auf.
14 Genau nach deinen Weisungen zu leben
erfreut mich mehr als alles Gut und Geld.
15 Ich denke über deine Regeln nach, damit
ich deinen Weg für mich erkenne.
16 Herr, deine Ordnungen sind meine
Freude; ich werde deine Worte nicht
vergessen.
17 Ich bin dein Diener, Herr, sei gut zu
mir, damit ich lebe und dein Wort befolge!
18 Herr, öffne mir die Augen für die
Wunder, die dein Gesetz in sich verbor-
gen hält!

Herzwürdige Notizen

Date #13

NACHDENKEN MIT GOTT

Datum:

Woher komme ich? Wohin gehe ich? Hast du dir schon mal solche Fragen gestellt? Darüber nachzudenken ist nichts für Spinner, sondern für mutige Antwortensucher! Einfach mal losdenken!

ICH – EIN ZUFALLSPRODUKT?

- ☐ Ja, weil … __________
- ☐ Nein, weil … __________

ZUM THEMA LEBENSSINN:

- ☐ Es gibt keinen richtigen Sinn.
- ☐ Gott gibt mir einen Lebenssinn.
- ☐ Ich suche mir einen Sinn, der mir sinnvoll erscheint.

WARUM BIN ICH AUF DER WELT?

- ☐ __________
- ☐ Hab ich noch nicht herausgefunden.
- ☐ Dafür gibt's keinen bestimmten Grund.

DAS LEBEN WÜRDE ICH IN EINEM SATZ SO BESCHREIBEN:

____

____

WAS KOMMT NACH DEM TOD?

- ☐ Die Ewigkeit, in der wir leben werden.
- ☐ Weiß nicht, aber es wartet bestimmt etwas auf uns.
- ☐ kommt gar nichts.
- ☐ __________

DIE WICHTIGSTEN DINGE, FÜR DIE EIN MENSCH LEBEN SOLLTE:

____

____

WAS JEDER MENSCH IN SEINEM LEBEN TUN SOLLTE:

____

____

BEVOR ICH STERBE, MÖCHTE ICH UNBEDINGT …

MEIN LEBENSZIEL:

DAS ERWARTET GOTT VON DEN MENSCHEN:

SO SIEHT GOTT MEIN LEBEN:

Was sagen andere über ihren Lebenssinn? Frag sowohl eine gläubige (1) als auch eine nichtgläubige (2) Person! Wo stellst du Unterschiede fest?

DEIN LEBENSSINN?

Antwort 1:

Antwort 2:

WAS MÖCHTEST DU IM LEBEN ERREICHEN?

Antwort 1:

Antwort 2:

DIE DREI WICHTIGSTEN DINGE, FÜR DIE DU LEBST:

Antwort 1:

Antwort 2:

WIE WÜRDEST DU DAS LEBEN IN EINEM SATZ BESCHREIBEN?

Antwort 1:

Antwort 2:

WAS KOMMT NACH DEM TOD?

Antwort 1:

Antwort 2:

Danke, Gott, dass du Antworten auf Lebensfragen gibst und ich mit dir zusammen entdecken kann, wozu ich gemacht bin.

Herzwürdige Notizen

Date #14

LIEB DICH!

Datum:

Niemand ist so wie du – wie Gott dich gemacht hat und was er in dich hineingelegt hat, ist unvergleichlich. Also: Hör auf, dich zu vergleichen! :) Versuch nicht, anders zu sein. Das passt nämlich nicht zu dir. Vielleicht denkst du, dass du dann irgendwie beliebter wirst – aber meistens fällt es auf, wenn man sich verstellt. Und dein Schöpfer muss sich ja auch denken: „Hä? Was macht die da??!" Wertschätze dich – so wie du bist! Vergiss heute mal, dass Eigenlob stinkt: Schreib dir etwas Nettes! PS: Schau auch mal in Matthäus 22,37-39 nach und achte auf die letzten Wörter in Vers 39. ;-)

Komplimente von mir an mich

Lass dir auch von anderen sagen, was sie an dir gut finden! Frag deine Familie und Freunde, was sie an dir mögen. Für ihre Statements ist auf der nächsten Seite Platz.

DU BIST
UNVERWECHSELBAR.
Gott

Herzwürdige Notizen

Date #15

LIEBLINGSWORTE

Datum:

Nutze diese Seite, um einen Bibelvers festzuhalten, der dich gerade bewegt. Halte auch fest, warum er dich bewegt: Geh deinen Gefühlen und Gedanken auf den Grund.

BIBELVERS

Was sagt dieser Vers aus?
Was entdecke ich darin über Gott, Jesus oder den Heiligen Geist?
Gibt es in diesem Vers eine Aufforderungen oder ein Versprechen?
Welches Wort fällt mir besonders ins Auge?
In welche Situation hat dieser Vers gesprochen?

Veranschauliche den Vers in einem Bild, einer Wortwolke, in Symbolen, Formen, Farben …

Danke, Gott, dass du mir in deinem Wort begegnest und ich dadurch immer wieder Neues an dir und an mir entdecken kann.

Herzwürdige Notizen

Date #16

KLEIN, ABER WOW

Datum:

Gott will etwas mit dir bewegen, ein Stückchen Welt mit dir verändern. „Eine Nummer zu groß für mich …", denkst du?! Stell dir vor: Das fängt klein an, direkt vor deiner Nase! Meist sind es die unscheinbaren Dinge, die sich als Möglichkeiten entpuppen, mit dem Himmel zusammenzuarbeiten. Gott hat nämlich ein Faible für das Kleine – Dinge, die die meisten übersehen. Du brauchst also keine besonderen Talente oder das große Geld, um etwas zu bewegen. Halte heute die Augen nach den kleinen Möglichkeiten an deinem Wegesrand offen und pack sie beim Schopf. Aber Achtung: Gott könnte was richtig Großes draus machen! So läuft es nämlich im Himmelreich. Bist du drauf gefasst?

Wenn **GOTT** jetzt seine **HERRSCHAFT** aufrichtet,
geht es ähnlich zu wie bei einem **SENFKORN**,
das jemand auf seinen **ACKER** gesät hat.
Es gibt keinen **KLEINEREN** Samen;
ABER was daraus wächst,
wird **GRÖSSER** als alle anderen **GARTENPFLANZEN**.
Es wird ein richtiger **BAUM**,
sodass die **VÖGEL** kommen und in seinen Zweigen ihre **NESTER** bauen.

Matthäus 13,31-32

Kleb hier ein Samen- oder Senfkorn ein, um dir vor Augen zu halten, wie wichtig das Kleine in Gottes Reich ist. →

Die Welt verändern: Schritt 1

Gott fängt klein an. Was fällt dir „Senfkörniges" ein, womit du bereits ein Stückchen Welt verändern kannst? Jede kleine Tat zählt. Eine kleine Motivation? Lukas 16,10.

Gott, ich wünsche mir, mit dir zusammen die Welt zu verändern. Hilf mir, die vielen kleinen Möglichkeiten vor meiner Nase zu nutzen. Danke, dass du etwas Riesiges daraus machen kannst.

Herzwürdige Notizen

Date #17

DIE MÜLL-SEITE

Datum:

Kleb hier allen möglichen Müll rein. Beschreib ihn.

Übrigens: Wenn du das ganze Zeug bei Gott abgeladen hast, gilt das, was in 1 Johannes 1,9 steht: „Wenn wir aber unsere Verfehlungen eingestehen, können wir damit rechnen, dass Gott treu und gerecht ist: Er wird uns dann unsere Verfehlungen vergeben und uns von aller Schuld reinigen."

Der ultimative Tipp von Salomo:

BEHÜTE DEIN Herz MIT ALLEM Fleiß, DENN DARAUS QUILLT DAS Leben.

Sprüche 4,23

Gott, bitte schmeiß allen Müll raus, der mich innerlich belastet und mein Herz beschwert.

Herzwürdige Notizen

Date #18

WUNDERSCHÖNE WELT

Datum:

Nimm dir einen Tag, um mal rauszukommen, und entdecke, wie wunderschön Gott die Welt gemacht hat! Pack deinen Rucksack, nimm deine Bibel und eine Kamera mit und ab geht's in die Natur! Halte auf deinem Weg fest, was dich beeindruckt, pflück Blumen und kleb sie danach mit den schönsten Bildern zusammen hier ein! Such dir ein schönes Fleckchen Erde und lies 1 Mose 1.

Ein paar Ideen für deine Fotos: besonders schöner Ort; hübsche Wiese; Pflanze, die du nicht kennst; Lieblingsblume; Rastplatz; Person, mit der du unterwegs warst …

Er hat die Berge geformt und
die Winde geschaffen.
Er verkündet den Menschen, was er vorhat.
Er lässt den Tag zur Nacht werden;
er schreitet über die höchsten Gipfel der Erde.
„Der HERR, der Gott der ganzen Welt"
ist sein Name!

Amos 4,13

Gott, ich staune darüber, wie schön du diese Welt gemacht hast.
Ich möchte jeden Tag die Augen danach offen halten.

Herzwürdige Notizen

Date #19

GOTT: 3 IN 1

Datum:

Hast du schon mal von der Dreieinigkeit gehört? Entdecke heute ein Stückchen mehr davon, wie Gott ist. Der ist ja eigentlich nur einer (Galater 3,20). Aber gleichzeitig auch mehrere … nämlich Vater, Sohn und Heiliger Geist. Diese drei Personen sind eine unauflösbare Einheit. Das ist schwer zu verstehen … aber es ist ähnlich wie bei Wasser: Das gibt's flüssig, fest und gasförmig. Wie wär's, wenn du dich heute mal an diese Fragen heranwagst? Wie würdest du sie beantworten? Was meinen andere dazu?

- Ist der Heilige Geist eine richtige Person?
- Soll ich zum Vater, zu Jesus oder zum Heiligen Geist beten?
- Sind alle drei Personen Gott?
- Gibt's bei den dreien eine Rangfolge?
- War Gott schon immer zu dritt?
- Wie zeigt sich der Heilige Geist?
- Wo in der Bibel steht etwas von Dreieinigkeit?
- Haben die drei unterschiedliche Aufgaben?

Entdecke die drei Personen in Gott. Tipp: Schau mal in folgende Bibelstellen:

Matthäus 6,8-9.14	Johannes 14,1-3	1 Korinther 2,10
Matthäus 10,20	Johannes 15,26	1 Korinther 12,11
Lukas 12,12	Johannes 16,7	2 Korinther 6,18
Johannes 1,1-12	Johannes 20,28-29	Galater 5,22-23
Johannes 1,29	Apostelgeschichte 4,12	Epheser 4,6
Johannes 3,16-18	Römer 8,26-27	1 Petrus 1,2

Schreib auf, was du über sie herausfindest!

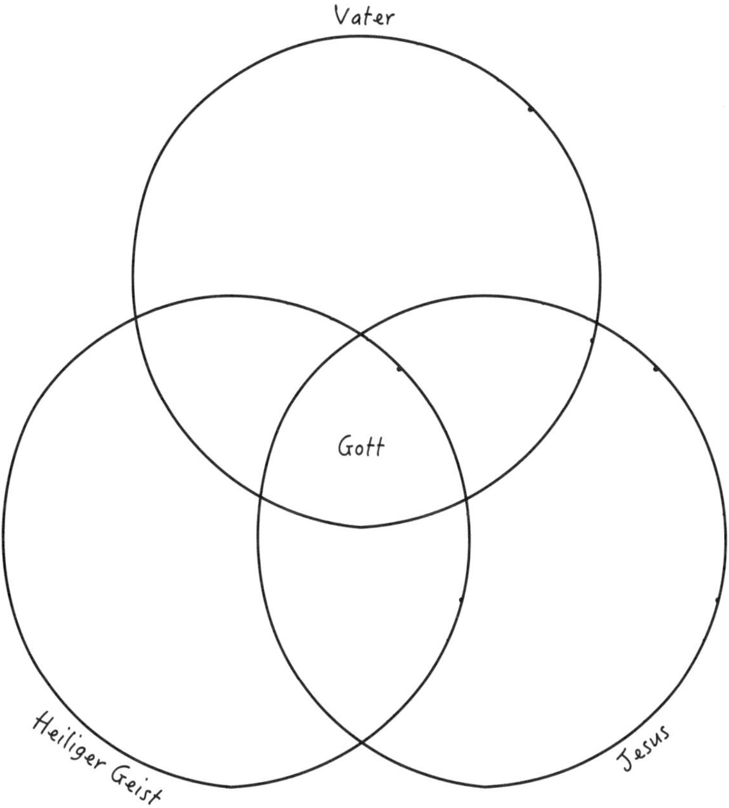

Danke, Herr, dass du so vielseitig bist und mir in unterschiedlichen Personen begegnest. Danke, dass du immer für mich da bist und mir im Alltag hilfst.

Herzwürdige Notizen

Date #20

LIEBLINGSWORTE

Datum:

Nutze diese Seite, um einen Bibelvers festzuhalten, der dich gerade bewegt. Halte auch fest, warum er dich bewegt: Geh deinen Gefühlen und Gedanken auf den Grund.

BIBELVERS

Was sagt dieser Vers aus?
Was entdecke ich darin über Gott, Jesus oder den Heiligen Geist?
Gibt es in diesem Vers eine Aufforderungen oder ein Versprechen?
Welches Wort fällt mir besonders ins Auge?
In welche Situation hat dieser Vers gesprochen?

Veranschauliche den Vers in einem Bild, einer Wortwolke, in Symbolen, Formen, Farben …

Danke, Gott, dass du mir in deinem Wort begegnest und ich dadurch immer wieder Neues an dir und an mir entdecken kann.

Herzwürdige Notizen

Date #21

GEBETS-POWER

Datum:

Gebet bewegt etwas, weil es Gott bewegt. Gebet hat Kraft, weil Gott Kraft hat. Nimm das heute in Anspruch – und zwar heute mal für andere, indem du für sie betest.

Das Größte, was ein Mensch für einen anderen tun kann, ist, dass er für ihn betet.

Corrie ten Boom

Übrigens: Für Paulus ist das Gebet „das Erste und Wichtigste" (1 Timotheus 1,2). Für wen möchtest du heute beten?

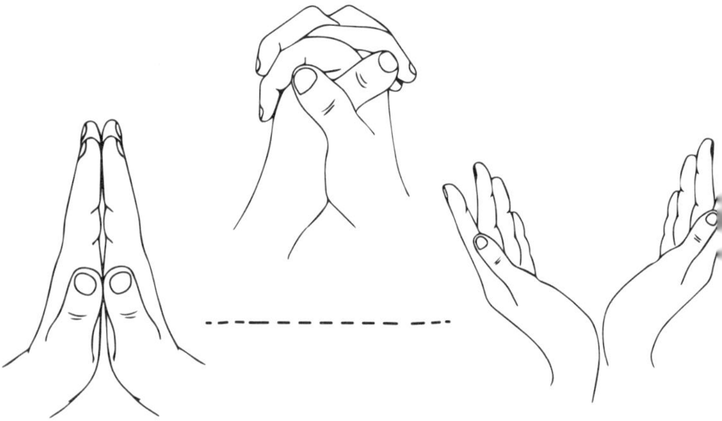

Fürbitte für Situationen in aller Welt, von denen ich gehört habe ...

Ich bitte dich, Herr, dass du dich um die Menschen und Situationen kümmerst, die ich benannt hab. Danke, dass es dich bewegt, was in der Welt passiert.

Herzwürdige Notizen

Date #22

MEIN LOB

Datum:

Wir preisen Gott, weil er seinen Plan mit Jesus wahr gemacht hat. Jesus ist auferstanden und zu seinem Vater in den Himmel zurückgegangen. **Die Jünger** Lukas 24,50-53

Ich lobe Gott, weil er mir eine besondere Aufgabe gegeben hat, obwohl ich nur eine ganz normale Frau bin. **Maria** Lukas 1,46-55

Warum hat Gott Lob verdient?

Ich lobe Gott, weil …

Ich lobe meinen Vater, weil er sein Reich auf der Erde baut und weil er sich den kleinen und unbedeutenden Leuten zeigt – nicht denen, die viel von sich halten. **Jesus** Matthäus 11, 25-26

Ich lobe Gott, weil er meine Gebete erhört. Er hilft mir und lässt mich nicht im Stich. **Hanna** 1 Samuel 2,1-8

Ich lobe Gott, weil er es verdient hat – ganz egal, in welcher Lage ich bin. Durch mein Lob finden auch andere Menschen zu Gott. **Paulus** Apostelgeschichte 16,25-34

Ich lobe den Herrn, weil er mein Leben voll im Griff hat. Er hat mir alles vergeben, was ich falsch gemacht habe. Und er hat mir mehr gegeben, als ich mir je erträumt habe. **David** Psalm 103,1-5

Gott kann man nicht nur im Gottesdienst oder auf einem Worship-Abend loben. Das geht auch im Alltag! Du kannst ihn nämlich auch dadurch anbeten, wie du bist, lebst, was du sagst und tust. Überleg mal, was das sein könnte. Und wenn du es das nächste Mal machst, denk dran, dass du Gott damit ehrst. Vielleicht ist die Musik dein Kanal, Gottes Herz zu erreichen. Oder deine kreative Ader. Oder deine hilfsbereite Art. Oder, oder, oder …

- ☐ Ich spiele ein Musikinstrument.
- ☐ Ich singe gern.
- ☐ Ich gehe gern raus und bin begeistert von der Natur.
- ☐ Ich denke viel nach.
- ☐ Ich mag die Gemeinschaft mit anderen.
- ☐ Ich bin kreativ und mag es, etwas zu gestalten.
- ☐ Ich bin ein Talent im Organisieren.
- ☐ Ich tanze unheimlich gern.
- ☐ Ich bin hilfsbereit und sehe die Not anderer.
- ☐ Ich kann gut mitanpacken.
- ☐ Ich kann gut zuhören.
- ☐ Ich kann gut Streit schlichten.
- ☐ Ich hab kein Problem damit, den Kürzeren zu ziehen.
- ☐ Ich mache anderen gern Komplimente.
- ☐ Ich sehe, wenn es anderen schlecht geht.
- ☐ ______________________________
- ☐ ______________________________
- ☐ ______________________________

Ich möchte Gott heute loben, indem ich …

Danke, Gott, dass du dich an mir freust und ich dich durch meine Art und meine Talente ehren kann.

Herzwürdige Notizen

Date #23

KUNSTSTUNDE MIT GOTT

Datum:

Mach dein persönliches Kunstwerk aus diesem Bibeltext (Psalm 139,1-18). Erfinde eine eigene Überschrift und nutze den Rand, um die einzelnen Verse mit Farbstiften, Dekopapier, Stempeln und Symbolen kreativ zu veranschaulichen.

HERR, du hast mich erforscht und kennst mich genau.

Ob ich sitze oder stehe: Du weißt es.

Meine Absicht erkennst du von fern.

Ob ich gehe oder ruhe: Du bemerkst es.

Alle meine Wege sind dir bekannt.

Noch liegt mir kein Wort auf der Zunge,

schon weißt du, HERR, was ich sagen will.

Von hinten und vorn hast du mich umschlossen.

Und deine Hand hast du auf mich gelegt.

Zu wunderbar ist dieses Wissen für mich.

Es ist mir zu hoch: Ich kann es nicht fassen.

Wohin könnte ich gehen vor deinem Geist,

wohin fliehen vor deiner Gegenwart?

Würde ich in den Himmel steigen: Du bist dort.

Würde ich mich in der Unterwelt verstecken:

Du bist auch da.
Würde ich hoch fliegen, wo das Morgenrot leuchtet,
mich niederlassen, wo die Sonne im Meer versinkt:
Selbst dort nimmst du mich an die Hand
und legst deinen starken Arm um mich.
Da sagte ich: „Finsternis komme über mich!
Nacht soll mich umhüllen wie sonst das Licht!"
Doch für dich ist die Finsternis gar nicht finster.
Und die Nacht leuchtet so hell wie der Tag:
Finsternis ist für dich gleich wie das Licht.
Ja, du hast meine Nieren geschaffen,
mich im Bauch meiner Mutter gebildet.
Ich danke dir dafür,
dass ich so unglaublich wunderbar geschaffen bin.
Ich weiß, wie wundervoll deine Werke sind.
Nichts war dir unbekannt an meinem Körperbau,
als ich im Verborgenen geschaffen wurde –
ein buntes Gewebe in den Tiefen der Erde.
Ich hatte noch keine Gestalt gewonnen,
da sahen deine Augen schon mein Wesen.
Ja, alles steht in deinem Buch geschrieben:
Die Tage meines Lebens sind vorgezeichnet,
noch bevor ich zur Welt gekommen bin.
Wie kostbar sind für mich deine Gedanken, Gott!
Wie zahlreich sind sie doch in ihrer Summe!
Wollte ich sie zählen: Es sind mehr als der Sand.
Käme ich zum Ende: Noch immer bin ich bei dir.

Herzwürdige Notizen

Date #24

GOTTES REVOLUZZERIN

Datum:

Mach mal was Verrücktes! Jesus hat das Verrückteste überhaupt gemacht: Er hat den Himmel verlassen, sich klein gemacht und als Mensch auf der Erde gelebt, um der Welt seine Liebe zu beweisen. Was bedeutet „etwas Verrücktes tun" in deinem Leben? Für manche ist es schon verrückt, nett zu bestimmten Menschen zu sein. Für andere bedeutet das, ihr Taschengeld zu spenden, im Flüchtlingsheim zu putzen, etwas mit dem Außenseiter der Klasse zu unternehmen … Überleg mal: Was würdest du tun, wenn du mutig wärst? Wenn du nichts drauf geben würdest, was andere über dich denken. Spinn doch einfach mal eine Runde und schreib's auf, auch wenn es irgendwie verrückt klingt …

CRAZY?

TO-DO-LISTE

- [ ] ______________________ - [ ] ______________________
- [ ] ______________________ - [ ] ______________________
- [ ] ______________________ - [ ] ______________________
- [ ] ______________________ - [ ] ______________________
- [ ] ______________________ - [ ] ______________________
- [ ] ______________________ - [ ] ______________________
- [ ] ______________________ - [ ] ______________________

In der Bibel gibt's lauter Leute, die verrückte Sachen gemacht haben weil Gott sie dazu angestiftet hat. Und das waren echte Menschen – mit Ängsten! Da war der stotternde Mose, der sich mit dem mächtigsten Herrscher der damaligen Welt angelegt hat. Oder Noah, der auf trockenem Land ein Riesenschiff baute. Oder Daniel, der für seinen Glauben sein Leben riskiert hat. Oder Debora, die in einer männerdominierten Welt das Sagen hatte. Oder du. Welche Menschen bewunderst du dafür dass sie etwas Verrücktes gewagt haben?

Ich sage dir noch einmal:
Sei mutig und entschlossen!
Hab keine Angst
und lass dich
durch nichts erschrecken;
denn ich, der HERR, dein Gott, bin bei dir,
wohin du auch gehst!

Josua 1,9

Gott, bitte mach mich mutig und zeig mir, was du Verrücktes mi mir tun willst, um etwas zu bewegen.

Herzwürdige Notizen

Date #25

LIEBLINGSWORTE

Datum:

Nutze diese Seite, um einen Bibelvers festzuhalten, der dich gerade bewegt. Halte auch fest, warum er dich bewegt: Geh deinen Gefühlen und Gedanken auf den Grund.

BIBELVERS

Was sagt dieser Vers aus?
Was entdecke ich darin über Gott, Jesus oder den Heiligen Geist?
Gibt es in diesem Vers eine Aufforderungen oder ein Versprechen?
Welches Wort fällt mir besonders ins Auge?
In welche Situation hat dieser Vers gesprochen?

Veranschauliche den Vers in einem Bild, einer Wortwolke, in Symbolen, Formen, Farben ...

Danke, Gott, dass du mir in deinem Wort begegnest und ich dadurch immer wieder Neues an dir und an mir entdecken kann.

Herzwürdige Notizen

Date #26

GOTTES TO-DOS

Datum:

Gott hört dein Gebet. Immer. Auch wenn du vielleicht das Gefühl hast, dein Gebet prallt an der Zimmerdecke ab. Alle deine Gebete, auch solche, die du als Stoßgebete oder Gedanken in den Himmel schickst, landen auf Gottes Schreibtisch. Schreib deshalb alle deine momentanen Anliegen hier auf – und stell dir dabei vor, wie du sie auf Gottes To-do-Liste schreibst.

GEBET HEISST: GOTTES ARM BEWEGEN.

Was bedeutet Gebet für dich? Wie würdest du es beschreiben?

Gebet ist ein Doppelschlüssel, er schließt das Herz des Menschen und die Pforte des Himmels auf.

Ein einziger dankbarer Gedanke gen Himmel ist das vollkommenste Gebet!
Gotthold E. Lessing

Das Gebet verändert Gott nicht, aber es verändert denjenigen, der betet.
Søren Kierkegaard

Gebet wird an seiner Tiefe gemessen, nicht an seiner Länge.
Arno Backhaus

Gebet ist das Atemholen der Seele.
John H. Newman

Bist du in Not, so rufe mich zu Hilfe! Ich werde dir helfen und du wirst mich preisen.
Gott in Psalm 50,15

Wer betet, erfährt die Wärme Gottes. Ein Vogel ist ein Vogel, wenn er fliegt. Eine Blume ist eine Blume, wenn sie blüht. Ein Mensch ist ein Mensch, wenn er betet.
Phil Bosmans

Die besten Gebete bestehen mehr aus Seufzern als aus Worten.
John Bunyan

Danke, Gott, dass du immer ein offenes Ohr für mich hast. Ich verstehe zwar nicht, warum du manche Gebete nicht erhörst, aber ich möchte dir trotzdem vertrauen.

Herzwürdige Notizen

Date #27

SAG MAL ...

Datum:

Starte eine Umfrage. Frag andere gläubige Menschen danach, warum sie an Gott glauben, und schreib ihre Antworten hier auf.

Sorry, kann ich dich mal was fragen ...?

Wie lautet deine eigene Antwort? Warum glaubst du an Gott?

Gott, danke für die Menschen, die für mich ein Vorbild im Glauben sind und an denen ich mich orientieren kann. Bitte hilf mir, zu eigenen Antworten zu finden.

Herzwürdige Notizen

Date #28

DU UND DEIN GLAUBE

Datum:

Halte fest, was dir am Glauben wichtig ist … Nutze die Notizenseite für deine Antworten.

Wie bist du zum Glauben gekommen?

Was erlebst du als schwierig im Glauben?

Welche Menschen haben dir den Glauben vorgelebt?

Wer oder was engt dich in deinem Glauben ein?

Wer ist ein Glaubensvorbild für dich und warum?

Was an dir ist anders, weil du gläubig bist?

An wen wendest du dich, wenn du Fragen im Glauben hast?

Welche Themen im Glauben machen dir zu schaffen?

Was gehört für dich zum Glauben unbedingt dazu?

Wie gehst du mit Zweifeln um?

Was in deinem Glauben ist das Wichtigste für dich?

Wie würdest du anderen deinen Glauben erklären?

Was stärkt deinen Glauben?

Hast du schon mal ein Glaubensbekenntnis gesprochen? In einem solchen Bekenntnis werden die wichtigsten Glaubensinhalte benannt. Lies dir heute das Apostolische Glaubensbekenntnis durch (gibt's im Internet). Schreib dann dein eigenes Bekenntnis und halte fest, welche Glaubensinhalte dir wichtig sind. Mach danach ein Eselsohr in die Seite, um es dir immer wieder anzuschauen.

mein Glaubensbekenntnis

Gott, bitte hilf mir, meinen Glauben selbst zu gestalten. Danke, dass du mir im Glauben hilfst und mich stark machst.

Herzwürdige Notizen

Date #29

AUTSCH. VOLL INS HERZ.

Datum:

Kennst du das, wenn jemand etwas Gemeines zu dir sagt und du es einfach nicht vergessen kannst? Da hilft auch der Ratschlag „zum einen Ohr rein und zum anderen wieder raus" nichts (das gilt eh nur für Vokabeln). Bevor solche Giftwortpfeile wieder rausfliegen, drehen sie erst noch ein paar Runden durch deinen Kopf, bis sie den Kopierraum gefunden haben und ihre Botschaft überall an die Wand getackert haben. Setze ihnen etwas entgegen!

„Typisch ich! Das war ja wieder klar!" ⟶ „Lass dich nicht unterkriegen!"

„Ich hab es schon wieder versaut!" ⟶ „Komm, versuch es noch mal!"

„Das schaffe ich doch nie!" ⟶ „Du kannst das!"

„Ich wurde ausgelassen, als Gott Talent verteilte!" ⟶ „Du hast was drauf!"

„Ich bin nichts wert!" ⟶ „Gott hat dich gemacht – ihm bedeutest du alles!"

„Ich bin einfach viel zu fehlerhaft." ⟶ „Du bist wunderbar, verwechsle dich nicht mit deinen Fehlern."

Welche Gift-Botschaften über dich hast du bereits auf deiner Festplatte abgespeichert? Schreib sie hier auf und setz ihnen etwas Gutes entgegen, was du stattdessen glauben möchtest.

Tipp: Lies
- Jesaja 40,31
- 1 Mose 1,27
- Matthäus 10,30-31
- Johannes 3,16
- 2 Korinther 5,19
- Jeremia 31,3
- 1 Johannes 1,3

Gott, bitte hilf mir, Lügen zu entlarven und darauf zu hören, was du über mich sagst. Danke, dass deine Worte wahr sind!

Herzwürdige Notizen

Date #30

LIEBLINGSWORTE

Datum:

Nutze diese Seite, um einen Bibelvers festzuhalten, der dich gerade bewegt. Halte auch fest, warum er dich bewegt: Geh deinen Gefühlen und Gedanken auf den Grund.

BIBELVERS

Was sagt dieser Vers aus?
Was entdecke ich darin über Gott, Jesus oder den Heiligen Geist?
Gibt es in diesem Vers eine Aufforderungen oder ein Versprechen?
Welches Wort fällt mir besonders ins Auge?
In welche Situation hat dieser Vers gesprochen?

Veranschauliche den Vers in einem Bild, einer Wortwolke, in Symbolen, Formen, Farben …

Danke, Gott, dass du mir in deinem Wort begegnest und ich dadurch immer wieder Neues an dir und an mir entdecken kann.

Herzwürdige Notizen

Date #31

DEIN TRAUM VOM LEBEN

Datum:

Was möchtest du mit deinem Leben anfangen? Wovon träumst du? Wie willst du später sein? Wo siehst du dich in Zukunft? Was möchtest du in der Welt bewegen? Schreib alles auf, was du dir vorstellst – ganz egal, ob dir das lächerlich, unrealistisch oder eine Nummer zu groß erscheint ...

DENN MEIN
PLAN MIT EUCH STEHT FEST:
ICH WILL EUER GLÜCK UND
NICHT EUER UNGLÜCK. ICH HABE
IM SINN, EUCH EINE ZUKUNFT ZU
SCHENKEN, WIE IHR SIE ERHOFFT.
DAS SAGE ICH, DER HERR.

Jeremia 29,11

Schreib dir selbst einen Brief für in zehn Jahren. Schreib all deine Herzenswünsche auf, wie du dir deine Zukunft vorstellst und welche Rolle Gott darin spielen soll.

Danke, Gott, dass du mein gesamtes Leben bereits kennst. Bitte zeig mir, wie ich es gut und sinnvoll gestalten kann.

Herzwürdige Notizen

Date #32

GEBET IST TYPSACHE!

Datum:

Beten kann man laut, leise, in Gedanken, alleine, gemeinsam, unterwegs ... Wie betest du am liebsten? Finde heraus, was dir entspricht, und mach es dann ganz bewusst so, wie es zu dir passt! Lass dir nichts von anderen aufdrücken. Kreuze an, welche Punkte auf dich zutreffen.

Wenn ich ehrlich bin, ...

- ☐ bete ich nur ungern vor anderen.
- ☐ mag ich es, mit anderen zusammen zu beten.
- ☐ helfen mir vorgefertigte Gebete.
- ☐ bete ich am liebsten kurz und knackig.
- ☐ rede ich mit Gott meist wie mit einem Freund.
- ☐ brauche ich Ruhe, wenn ich bete.
- ☐ mag ich es, unterwegs zu beten.
- ☐ schreibe ich Gott lieber ein paar Zeilen, als mit ihm zu sprechen.
- ☐ brauche ich eine bestimmte Atmosphäre zum Beten.
- ☐ sage ich Gott lieber in Gedanken, was mich bewegt.
- ☐ singe ich Gott lieber ein passendes Lied.
- ☐ murmle ich meine Gebete gern vor mich hin.
- ☐ bete ich spontan und nicht zu festen Zeiten.
- ☐ ______________________________
- ☐ ______________________________
- ☐ ______________________________

Probier mal das stille Stichwort-Gebet aus. Nimm dir etwas Zeit, um in Gedanken zu beten – während du das machst, schreib einzelne Dinge als Stichwörter auf, um die es in deinem Gebet geht. Das kannst du auch zusammen mit einer Freundin machen, indem ihr abwechselnd still betet und jeder jeweils ein Wort aufschreibt.

Danke, Gott, dass ich mich im Gebet nicht zu verstellen brauche und so mit dir reden kann, wie es zu mir passt.

Herzwürdige Notizen

Date #33

SEELENFUTTER

Datum:

Was tut dir und deiner Seele gut? Welche „Nährstoffe" braucht dein Herz, um aufzuleben? Wobei fühlst du dich richtig gut? Was bringt dich zum Strahlen und macht dich fröhlich? Verschreib dir heute eine extra Portion davon! Sperr mal alles aus, was dich irgendwie runterzieht, schlechte Laune produziert und dir dein Lächeln stiehlt.

Tipp: Schnapp dir deine Bibel und entdecke, was Gott zur Fröhlichkeit sagt: Psalm 16,11 – Psalm 147,1 – Matthäus 5,2-12 – Johannes 15,9-11 – Römer 15,13 – Philipper 4,4

Umgib dich mit Menschen, die das Beste aus dir rausholen, mit denen du teilen kannst, was dir wichtig ist, und bei denen du sein kannst, wie du bist! Schreib diese Personen hier auf und auch, was du an ihrer Gegenwart schätzt!

Danke, Gott, für die Dinge, die mich fröhlich machen! Danke für die Menschen in meinem Leben, die mich zum Lachen bringen und bei denen ich mich wohlfühle.

Herzwürdige Notizen

Date #34

FRAGEZEICHEN

Datum:

Fragen über Fragen. Hast du Antworten? Nutze die Notizenseite für deine Antworten! Ein zuverlässiges Hilfsmittel: deine Bibel!

Wie kann ich mir sicher sein, dass Gott da ist? – Psalm 139,13; Sprüche 8,17; Jesaja 43,10-11; Jeremia 29,12-14a

Liebt Gott alle Menschen gleich? – Johannes 3,16; Römer 5,8; 1 Johannes 4,8-10

Hat Gott sich jemals verändert? – Maleachi 3,6a

Was in der Welt macht Gott wütend? – 5 Mose 29,23-25

Warum lohnt es sich, die Bibel zu lesen? – Psalm 119,105; Johannes 5,39; 2 Timotheus 3,16-17; Hebräer 4,12

Ist Jesus auch immer da, wo ich bin? – Matthäus 28,20

Bin ich für Gott wertvoll? – Psalm 139,14; Jesaja 43,4; Lukas 15,4-7; Johannes 10,11.14; 1 Johannes 4,10

Hat Gott eine richtige hörbare Stimme? – 1 Samuel 3,1-10

Ist Gott genervt, wenn man ständig „Oh Gott" sagt? – 2 Mose 20,7

Welche Art von Gebet gefällt Gott? – Markus 11,24; 1 Johannes 5,24; Matthäus 5,6; Matthäus 18,19-20

Warum greift Gott nicht immer ein? – Jesaja 55,8-9; Jakobus 1,2-4

Warum sollte ich beten, wenn Gott eh weiß, was ich will? – Matthäus 7,7

Kann man auch falsch beten? – Matthäus 6,5; Lukas 18,9-14

Sind die Zehn Gebote gültig für mich? – Matthäus 5,17-19

Wie kann ich den Heiligen Geist wahrnehmen? – Galater 5,22-23

Wie kann ich meinen Glauben an Gott stärken? – Römer 10,17

Wie kann ich erfahren, was Gott von mir will? – Psalm 143,10; Epheser 5,1-2; Hebräer 10,24-25

Wie erkenne ich, was richtig für mich ist? – 1 Korinther 6,12; 1 Korinther 10,23; Jakobus 1,5

Hat Gott auch einen Auftrag für mich? – Matthäus 5,13-16; Matthäus 22,37-39; Markus 16,15; Kolosser 3,12-17; Galater 6,10; 2 Timotheus 4,2; 1 Johannes 3,11 …

Liebt mich Gott, egal, was ich getan habe? – Römer 5,8

Wenn ich zu Gott gehöre, was sagt dann Gott über mich und mein Leben? – Römer 5,1; Römer 8,31; Römer 8,38-39; 2 Korinther 5,17-19; 1 Johannes 1,9; 1 Johannes 3,1; 1 Johannes 4,15 …

Schreib weitere Fragen auf, die dich bewegen und denen du auf den Grund gehen willst …

Danke, Gott, dass du dir meine Lebens- und Glaubensfragen gefallen lässt. Bitte hilf mir, Antworten zu finden und damit umzugehen, wenn ich keine bekomme.

Herzwürdige Notizen

Date #35

LIEBLINGSWORTE

Datum:

Nutze diese Seite, um einen Bibelvers festzuhalten, der dich gerade bewegt. Halte auch fest, warum er dich bewegt: Geh deinen Gefühlen und Gedanken auf den Grund.

BIBELVERS

Was sagt dieser Vers aus?
Was entdecke ich darin über Gott, Jesus oder den Heiligen Geist?
Gibt es in diesem Vers eine Aufforderungen oder ein Versprechen?
Welches Wort fällt mir besonders ins Auge?
In welche Situation hat dieser Vers gesprochen?

Veranschauliche den Vers in einem Bild, einer Wortwolke, in Symbolen, Formen, Farben ...

Danke, Gott, dass du mir in deinem Wort begegnest und ich dadurch immer wieder Neues an dir und an mir entdecken kann.

Herzwürdige Notizen

Date #36

FORGIVEN

Datum:

Manchmal machen wir Mist. Sachen, die nicht gut für uns sind oder auch anderen schaden. Hast du schon mal Mist gemacht? Wie bist du da wieder rausgekommen? Meistens ist es ja so, dass man dafür eine Strafe aufgebrummt bekommt. Müll aufsammeln, Hausarrest, Handyverbot … Man muss eben dafür büßen, dass man etwas falsch gemacht hat. Als Wiedergutmachung. Bei Gott brauchen wir nichts mehr zu tun, um Fehler wieder in Ordnung zu bringen. Das hat Jesus für uns gemacht (1 Petrus 3,18). Der hat einfach gesagt: „Ich sammle den Müll auf. Für alle Menschen. Weil sie es sonst nicht schaffen. Und weil ich möchte, dass sie frei sind, nehme ich alles auf meine Kappe." Deshalb gibt's bei Gott Vergebung frei Haus. Er vergibt gern, egal, was man verbockt hat. Bei ihm ist nur entscheidend, ob man sich seine Fehler eingesteht. Lies mal 1 Johannes 1,9. Trag Mist nicht unnötig mit dir herum, bring ihn zu Gott. Und wenn du denkst, du solltest dich bei jemandem für irgendwas entschuldigen, mach's einfach. Das ist total befreiend! :)

Mist, den ich bei Gott loswerden möchte:

Mist, für den ich mich entschuldigen möchte:

Gott vergibt uns gern. Und er wünscht sich, dass wir anderen ebenso gern vergeben (Matthäus 6,14-15). Petrus hat Jesus mal gefragt, wie oft man das tun sollte – seine Antwort: immer und immer wieder (Matthäus 18,21). Wem trägst du bis heute nach, was er über dich gesagt hat oder wie er dich behandelt hat? Was kannst du anderen nicht vergessen? Was würdest du gern verzeihen? Wenn es etwas Schwerwiegendes ist, solltest du unbedingt mit jemandem darüber sprechen. Lass nicht zu, dass dich Verletzungen dein Leben lang belasten.

Diese Verletzung belastet mich besonders:

Dieser Person kann ich nur schwer vergeben:

Dieser Person sollte ich sagen, dass sie mich verletzt hat:

Darüber würde ich gern mit jemandem reden:

Das sind eher kleine Dinge, die mich wurmen:

Diese Dinge kann ich bestimmt heute schon loslassen:

Jesus, ich danke dir, dass du mir meine Schuld abgenommen hast. Bitte hilf mir dabei, anderen ihre Fehler zu verzeihen.

Herzwürdige Notizen

Date #37

LOVE, LOVE, LOVE <3

Datum:

Wie wichtig findest du Liebe? Paulus hat es mal so formuliert: Wenn man die Liebe nicht hat, hat man gar nichts. Niente. Nada. Null. Da kann man noch so tolle Fähigkeiten besitzen – ohne sie ist alles nichts wert. All you need is love! Und wie echte Liebe so ist, kannst du in 1 Korinther 13 nachlesen! Nimm dir diese Liebe als Mustervorlage vor: Wo würdest du dich einstufen?

ungeduldig – geduldig

gereizt – gelassen

unfreundlich – freundlich

hinterhältig – wahrheitsliebend

stur – nachgiebig

nachtragend – vergebungsbereit

wichtigtuerisch – bescheiden

misstrauisch – arglos

herablassend – respektvoll

streitsüchtig – friedliebend

rücksichtslos – rücksichtsvoll

pessimistisch – zuversichtlich

eigennützig – selbstlos

Bei welchen dieser Eigenschaften hast du gedacht: „Das ist einfach, da bin ich locker im oberen Drittel unterwegs!“ Bei welchen musstest du länger überlegen oder hast dich direkt weiter unten eingestuft? Überleg mal, in welchen Situationen es dir schwerfällt, geduldig, freundlich … usw. zu sein.

- Mein Geduldsfaden reißt schnell, wenn …
- Meine Freundlichkeit lässt zu wünschen übrig, wenn …
- Manchmal bin ich ein Sturkopf, besonders, wenn …

Bitte, Gott, hilf mir, wenn meine Liebe zu anderen zu wünschen übrig lässt. Ich wünsche mir ganz besonders, dass …

Herzwürdige Notizen

Date #38

MEINE DOKU

Datum:

Mach heute mal eine Foto-Doku über dein Leben, in der du die Dinge fotografierst, die dein Leben ausmachen. Zum Beispiel mit einer Polaroid-Kamera oder mit dem Handy (Fotos anschließend ausdrucken, zurechtschneiden und einkleben). Alternative: zeichnen! :)

Meine Lieblingsmenschen

Mein Lieblingsoutfit

Mein Lieblingsgegenstand

Mein Lieblingsessen

Die coolste Aktion, die ich bisher erlebt habe

Mein Lieblingsbuch

Hier kann ich zur Ruhe kommen und mit Gott reden

Hier verbringe ich die meiste Zeit

Dieser Gegenstand hat etwas mit meinem Glauben zu tun

Mit diesen Personen kann ich mich über Gott austauschen

So bete ich am liebsten:

Herzwürdige Notizen

Date #39

GOTTES GESCHENKE

Datum:

Gott will dich beschenken, damit du dich für ihn voll einsetzen kannst. In der Bibel werden seine Geschenke Geistesgaben genannt. Doch fallen die nicht einfach als Paket vom Himmel! Es ist mehr wie eine spannende Suche, auf die du dich begibst! Entdecke selbst, was Gott für dich bereithält. Forsche zum Beispiel hier nach:

- 1 Korinther 12,8-10
- 1 Korinther 12,28-30
- Epheser 4,11
- Römer 12,6-8
- 1 Petrus 4,9-11

Was steckt hinter diese Gaben? Mach dich schlau.
Kreise die Dinge ein, die dir liegen könnten.

Lehren	Hirtendienst	Leiten
Ermahnen	Praktische Aufgaben übernehmen	In unbekannten Sprachen reden
Ermutigen und Trösten	Gastfreundschaft	Unbekannte Sprachen deuten
Geben	Von Gott reden	Weisheit
Barmherzigkeit	Helfen	Erkenntnis
Apostel	Wunder tun	Besonderer Glaube
Prophet	Heilen	Unterscheiden
Evangelisation	Dienen	

Tipp: Im Internet findest du Gabenfragebögen. :-)

Diesen Gaben möchte ich auf die Spur kommen:

Gott, ich danke dir für deinen Heiligen Geist und die Gaben, die du für mich bereithältst. Bitte hilf mir zu entdecken, womit du mich beschenken möchtest.

Herzwürdige Notizen

Date #40

LIEBLINGSWORTE

Datum:

Nutze diese Seite, um einen Bibelvers festzuhalten, der dich gerade bewegt. Halte auch fest, warum er dich bewegt: Geh deinen Gefühlen und Gedanken auf den Grund.

BIBELVERS

Was sagt dieser Vers aus?
Was entdecke ich darin über Gott, Jesus oder den Heiligen Geist?
Gibt es in diesem Vers eine Aufforderungen oder ein Versprechen?
Welches Wort fällt mir besonders ins Auge?
In welche Situation hat dieser Vers gesprochen?

Veranschauliche den Vers in einem Bild, einer Wortwolke, in Symbolen, Formen, Farben …

Danke, Gott, dass du mir in deinem Wort begegnest und ich dadurch immer wieder Neues an dir und an mir entdecken kann.

Herzwürdige Notizen

Kleine Erinnerung

GOTT, MEIN #SCHULDVERGEBER.

Styling by God.

Ich bin Gottes Meisterwerk!

Ich bin immer für dich da.

#wertvoll.

#dreamteam

10.000 Mal Danke!

Lalala. Wunderschöne Welt.

#kunstwerk

Copyright by God.

I'M A princess, BECAUSE MY father IS THE king OF HEAVEN.

Nicht perfekt, aber #wundervoll!

Es geht kein Mensch über diese Welt, den Gott nicht liebt.
Friedrich v. Bodelschwingh

#live #laugh #love

r dich

Beloved

ICH HABE DICH BEI DEINEM NAMEN GERUFEN: DU BIST MEIN.
Jesaja 43,1

Learn FROM YESTERDAY.
Live FOR TODAY.
Hope FOR TOMORROW.
Einstein

KEEP CALM AND TRUST IN GOD!

#unendlich wertvoll

ICH – einzigartig unperfekt!

GOTT, MEIN AUFTRAGGEBER

GLAUBEN:
LEBEN AUF GOTTES RISIKO.
Arno Backhaus

Gott, mein #Herzspezialist.

LIVE loving, GIVE laughing.

Jesus loves you.

GOTT LIEBT JEDEN VON UNS, ALS GÄBE ES NUR EINEN VON UNS.
Augustinus

GOTT, MEIN #MUTMACHER.

ART

I LOVE YOU!
LOVE

Bibeltexte:
Gute Nachricht Bibel, revidierte Fassung, durchgesehene Ausgabe,
© 2000 Deutsche Bibelgesellschaft, Stuttgart
Lutherbibel, revidiert 2017,
© 2016 Deutsche Bibelgesellschaft, Stuttgart
BasisBibel. Neues Testament und Psalmen,
© 2012 Deutsche Bibelgesellschaft, Stuttgart: www.basisbibel.de

Bildverwendung:
Seite 5, 8, 11, 14, 17, 20, 23, 26, 29, 32, 35, 41, 47, 50, 53, 56, 59, 62, 65, 68, 74, 77, 80, 83, 86, 89, 92, 95, 98, 101, 104, 107, 110, 113, 116, 119, 122: betende Hände © Dawn Hudson – Shutterstock
Seite 17, 20, 37, 38, 43, 47, 55, 77: Scibbles © Nicky Laatz – DesignCuts
Seite 97: betendes Mädchen © Tereza Diakiv – Shutterstock
Seite 100–101: Herzen © Skokan Olena – Shutterstock
Seite 126–127: Ausmalbilder © balabolka – Shutterstock
alle weiteren Bilder: © Freepik

3. überarbeitete Auflage 2021

Umschlaggestaltung, Layout und Satz: Julia Plentz
Redaktion: Natalie Enns
Redaktion 2. Auflage: Katharina Würden-Templin
Korrektorat: Bianca Bellmann
Druck und Verarbeitung: FINIDR, s.r.o., Tschechische Republik

Bestell-Nr.: 31303
ISBN: 978-3-95568-142-5

www.bibellesebund.net